Päule Tippel

Zum 90. Geburtstag eines Wittener Urgesteins
von Hans-Jürgen Sträter

Impressum:	**Päule Tippel**
	Zum 90. Geburtstag eines Wittener Urgesteins
	von Hans-Jürgen Sträter
Coverbild:	Alfred Möller, Witten
	1. Auflage Februar 2015
ISBN:	9783734761799
(Hrsg.) V.i.S.P.:	Hans-Jürgen Sträter
	Wacholderstr. 26
	26639 Wiesmoor
Redaktion:	Hans-Jürgen Sträter
Tel.:	04944-5815
Fax:	04944-5839
	kontakt@adlerstein.de
	www.adlerstein-verlag.de
Herstellung und Verlag:	Books on Demand, Norderstedt
	© Adlerstein Verlag 2015

Alle Rechte vorbehalten

Vorwort

Was schenkt man einem 90-jährigem zum Geburtstag?!

Vielleicht eine Kiste Schnaps oder eine Reise nach Kuba? Nein, das geht nicht, das Geschenk sollte ihn nicht daran hindern, bald seinen hundertsten Geburtstag zu erleben…

Und da wollen wir, so Gott Gnade schenkt, auch dabei sein!!

Das Schönste ist natürlich, dass man sich unter dem Hochbetagten noch so jung fühlen darf – lieber Onkel Paul - und deshalb ist es uns eine ganz großes Event, mit Dir zu feiern!

Von Sonja kam die Idee mit dem Buch, Alfred Möller und Burkhard Overkamp besorgten Texte und Bilder. Nun hoffen wir, Dir und Tante Hilde mit der Festschrift „Päule Tippel" eine unvergesslich schöne Freude bereiten zu können!!!

Es grüßen Dich von Herzen feste

all Deine Geburtstagsgäste

Quelle: Audi AG Neckarsulm

**Eines der ersten Autos vom „Prinz von TUS Heven"
war natürlich ein „Prinz".**

Quelle: google earth

Päule ist ein begabter Gärtner. Hier sieht man seine Wohn- und Wirkungsstätten. Rechts unten Ardeystr. 131 und links oben Rüdinghauserstr. 9. Auf dem Parkplatz steht sein roter Mazda, den er noch heute fährt.

Päule – ein ganz großer Sportsfreund!

Immer mittendrin statt nur dabei -
Paul Tippel war Macher und Multifunktionär

Als der heutige Jubilar sich anno 1937 als 12-jähriger Knirps entschloss, beim TuS Heven 09 in der Jugend Fußball zu spielen, kickte die Senioren-Elf noch in den Niederungen der ersten Kreisklasse. Logisch, dass sich das Hevener Urgestein über den sensationellen Oberliga-Aufstieg seiner Hevener mächtig über die "wunderbare Zugabe" gefreut hat.

Wer inzwischen nun schon 77 Jahre einem Verein angehört, kann natürlich viel erzählen. Doch Paul Tippel kann mehr. "Was ich in all den Jahrzehnten an Höhen und Tiefen am Haldenweg erlebt habe, darüber könnte ich garantiert ein Buch mit 1000 Seiten schreiben", sagt schmunzelnd das Hevener Vereins-Ehrenmitglied.

In der Tat, denn Paul Tippel, im Zweiten Weltkrieg Panzer-kommandant, war nach seiner Rückkehr aus fünfjähriger russischer Kriegsgefangenschaft in den Jahren des Wiederaufbaus nicht nur dabei, sondern stets mittendrin.

Und immer in der Verantwortung. Vom Spieler, Jugendleiter, Hauptkassierer, Pressewart, Spielausschuss-Mitglied, Altherren-Obmann, Hauptgeschäftsführer, Mitbegründer des Türkischen SV bis hin zum Beisitzer der Sport-Spruchkammer Bochum. Und nicht nur als Gründer und Trainer der ersten Hevener Frauen-Fußball-Mannschaft machte er sich einen Namen, sondern auch als Schlagzeuger seiner Band "Die Tornados", mit der er am Wochende in Witten und Umgebung zum Tanz aufspielte. Und selbst als schon 64-Jähriger war Tippel noch beim Aufbau des neuen schmucken Hevener Vereinsheims anno 1989/1990 tatkräftig im Einsatz.

Klar auch, dass ein Macher und Multifunktionär wie er, der beruflich als Dreher, Werkstoffprüfer und Matallograph tätig war, mit Ehrenurkunden "en Masse" sowie Verdienst- und Ehrennadeln aller Couleur ausgezeichnet wurde, die in seinem Heim eine komplette Wand füllen. Sei es die Hevener Vereinsnadeln in Silber und Gold sowie Stadtverbands-, WFVL-, FuLV-Ehren- und DFB-Verdienstnadeln oder sogar das Verdienstkreuz am Bande, 1994 feierlich überreicht von Wittens Bürgermeisterin Sonja Leidemann - Paul Tippel, Hevens Mann für alle Fälle, hat sich nicht nur um seinen Verein verdient gemacht.

Päule mit einer besonderen Auszeichnung

Doch wer denkt, der vitale und lebenslustige 89-Jährige würde sich auf seinen Lorbeeren ausruhen, liegt falsch. Mit seiner 88-jährigen Gattin macht er nicht nur hin und wieder eine Tagestour, sondern geht auch noch regelmäßig mit ihr zum "Schwofen". Und auf der Tanzfläche zeigt das ehemalige Bandmitglied, was es noch alles drauf hat. Ob Standard-Tänze oder lateinamerikanische Rhythmen, der tanzfreudige Grandseigneur führt seine Gattin Hildegard immer noch gekonnt und sicher über die Fläche. "Gekonnt ist eben gekonnt", findet der Mann mit dem Rhythmus im Blut und freut sich schon jetzt auf ein bevorstehendes Jubiläum:
"In ein paar Monaten werde ich mit meiner Hildegard auf etwas ganz Besonderes anstoßen: Denn dann feiern wir unseren Diamantenen-Hochzeitstag."

Hilde und Päule, ein ganz besonderes Team.

Diamant-Hochzeit 2014

Die Ehe ist kein Fertighaus; sie ist ein Gebäude, an dem ständig repariert und konstruiert werden muss.

Nur wenigen Menschen ist beschert, dass eine Ehe sechzig Jahre währt. Hilde und Paul Tippel, beide 89-jährig und schon seit Ende des Zweiten Weltkriegs in Treue fest verbunden, wurde das seltene Glück einer Diamant-Hochzeit zuteil.

Der anno 1925 in Witten geborene Metzgerssohn Paul Tippel erlebte nach seiner Ausbildung zum Dreher schon als 16-Jähriger die Grauen des Zweiten Weltkriegs. Heimatflak am Hüllberg, Arbeitsdienst in Neetze (Lüneburg), als Panzerkommandant in vorderster Front in Frankreich und Russland sowie nach fünfjähriger russischer Kriegsgefangenschaft Rückkehr als 25-Jähriger 1950 in die Ruhrstadt, das waren die Stationen seiner Jugend, die der vitale Senior heute als "verlorene Jahre" bezeichnet.

Ein richtiger Gewinn dagegen war, als "Päule", der sich im Laufe der Jahre zu einem umtriebigen Mann der Tat - immer mittendrin statt nur dabei - entwickeln sollte, im Jahr 1953 seine Hilde kennen- und lieben lernte.

"Ich hatte nichts und war trotzdem reich, denn ich besaß das Herz eines geliebten Menschen", bekennt der ehmalige Schlagzeuger der Band "Die Tornados".

Päule als Musiker

Hilde und Päule feiern Diamant-Hochzeit

Hilde, die Frau seines Herzens, wurde als Tochter eines Landwirtschafts-Ehepaares im pommerschen Rosenhof geboren und kam nach der Vertreibung aus dem Wartheland sowie einer Odyssee durch verschiedene Flüchtlingslager nach Witten zu ihrer Schwester, die in der Gaststätte "Gröppel" (derzeit Lenk-Krug) beschäftigt war.

Der Wirtin des damaligen Vereinslokals von TuS Heven blieb es nicht verborgen, dass es zwischen Paul und Hilde "gefunkt" hatte; und sie sagte: "Hilde, ich glaube, der Päule ist der Richtige. Nimm ihn."

Hilde hörte auf den Rat der lebenserfahrenen Wirtsfrau - und hat es bis zum heutigen Tage nicht bereut. "Ich bin schon stolz auf mein Männeken. Er ist sehr vielseitig, stets gut gelaunt, und ich kann mich immer auf ihn verlassen. Leider blieb unser Kinderwunsch unerfüllt", so das Fazit der Ehejubilarin.

Nach einem Jahr des Kennenlernens schloss das Liebespaar den Bund fürs Leben - den damaligen Verhältnissen geschuldet - schlicht und einfach. "Es war 1954, wir hatten nichts und konnten uns noch nicht einmal ein Hochzeitsfoto leisten", blickt der hochbetagte Senior zurück.

Auch die Stadt Witten gratuliert zur Diamant-Hochzeit

Durch Fleiß und Sparsamkeit sowie im Gleichschritt mit dem Wirtschaftswunder kam das junge Paar zu bescheidenem Wohlstand. "Ich verdiente als Dreher bei Lohmann & Stolterfoth und später als Metallograph bei Thyssen recht gut; und meine Hilde als 1. Köchin im Wittener Kaufhaus Kogge und danach in der Gevelsberger Großküchen-Firma Krefft ebenfalls.

Wir konnten uns etwas leisten und das Leben sorgenfrei gestalten. Logisch, dass wir auch viele Reisen nach nah und fern unternahmen. Wir waren jung und wollten was von der Welt sehen. Inzwischen ist das Reisen für uns zu anstrengend. Jetzt stehen nur noch Tagesfahrten auf dem Programm", resümiert schmunzelnd der ehemalige Hevener Sport-Multifunktionär. "Und der regelmäßige ‚Schwof' beim Tanznachmittag", betont Gattin Hilde.

Mit der Weisheit des Alters gesegnet beantwortet das "eingespielte Tandem" die Frage nach dem Geheimnis ihres langjährigen Zusammenseins einmütig: "Eine Ehe ist kein Fertighaus, sondern ein Gebäude, an dem ständig repariert und konstruiert werden muss."

Zur Goldenen Hochzeit gratulierte Bürgermeisterin Sonja Leidemann

Päule brachte auch den Frauen das Fußballspielen bei

Päule mit Weltmeistern auf Augenhöhe

30. März 1988

Zu einem gemeinsamen Gruppenfoto stellten sich die Spieler des TuS Heven und der Gäste aus Argentinien auf.

Der Weltmeister gab blamable Vorstellung
Bezirksligist TuS Heven unterlag mit 1:4

Wer Tricks und Kabinettstückchen aller Diego Maradona erwartet hatte, wurde bei der Begegnung des TuS Heven gegen eine Auswahl des Weltmeisters Argentinien enttäuscht. Der Endstand von 4:1 für die Südamerikaner war eher eine Blamage. Auch von einer Mannschaft, die nur mit sechs A-Nationalspielern anreiste, konnte man mehr verlangen. Trotz zwischenzeitlicher Regenschauer waren 3200 Zuschauer zur Bezirkssportanlage am Haldenweg gekommen. Der Hevener Verein mit seinen vielen Helfern hatte dieses Sportereignis gut vorbereitet und unter Kontrolle. Der Rasenplatz hatte die nasse Witterung gut überstanden. Co-Trainer Carlos Pachame, der die Betreuung des Gästeteams in den Händen hatte, überzeugte sich vor dem Anpfiff von der Bespielbarkeit des Platzes und befand ihn für erstaunlich gut. Der Chef-Trainer, Dr. Carlos Bilardo, der die Argentinier zum Weltmeistertitel führte, weilte an diesem Tag unabkömmlich in Berlin.

Nachdem der letzte Ton der Nationalhymne verklungen war, pfiff der Bundesliga Schiedsrichter Karl-Heinz Gochermann die Begegnung, der alle entgegenfieberten, an. Unterstützung bekam der Unparteiische an der Linie durch Reinhard Schultze aus Durchholz und Gerhard Frommann aus Oberstüter.

Vorwiegend in der Spielhälfte des Bezirksligisten TuS Heven wechselte der Ball die Stationen. In der 7. Minute tauchte plötzlich Carlos Mayor vor Torhüter Martin Henze auf und schoß das 1:0 für die Gäste. Das war die einzige Torausbeute bis zur Pause.

In der zweiten Halbzeit dauerte es bis zur 69. Minute als Claudio Ubeda aus der zweiten Reihe abzog und auf 2:0 erhöhte. Nach Vorarbeit von Burkhard Overkamp und einer Weitergabe über Klaus Bachtrup an Dieter Jahn hieß es nach 79 Minuten nur noch 2:1.

Kurz vor Schluß der regulären Spielzeit nutzten die Argentinier durch Antonio Mohamed und Nestor Lorenzo zwei weitere Möglichkeiten. Endstand 4:1. Die Hevener boten eine verhältnismäßig überzeugende Leitung und zeigten in der zweiten Halbzeit einige gut kombinierte Angriffe.

Zu erwähnen bleibt vielleicht noch das Ausscheiden einiger Hevener duch Verletzungen aufgrund übertriebener Spielhärte und das Nacheifern eines argentinischen Spielers an dem Fußballidol Diego Maradona. Er versuchte nicht durch einen Kopfball sondern durch die "Hand Gottes" zu einem Torerfolg zu kommen. Schiedsrichter Karl-Heinz Gochermann entging diese Aktion aber nicht.

Montag, 28. September 1988

MASSEN-MANNSCHAFTSBILD: Die Hevener (unten) und ihre argentinischen Gäste vor dem Spiel in friedlich-fröhlicher Gemeinschaft.
Foto: Hans-Dieter Thomas

Die Auswahl 17 aus 43: Streifen tragen andere

Stadt Witten im Bildband und im argentinischen Radio

(ve) „... so schwören wir, mit Glorie zu sterben." Der letzte Ton der argentinischen Nationalhymne verklang. Befriedigt nahm mein argentinischer Nachbar die Perfektion zur Kenntnis, mit der die Drevenacker Blaskapelle sie vor dem Gastspiel der argentinischen Auswahl beim TuS Heven vortrug. Wenn unsereins von „Einigkeit und Recht und Freiheit" hört, dann bleibt das bei aller Verehrung für den Dichter reichlich abstrakt. Argentinier dagegen denken zum Beispiel an den Falklandkrieg, wenn die letzte Zeile ihres Liedes erklingt. Da wurde auch schon mal ein Wittener Fan ermahnt, während der Hymne das Hampeln einzustellen.

Eine der wenigen Sachen, die in Argentinien ähnlich ernst genommen werden wie der Nationalstolz, ist Fußball. Der Sport mit der Lederkugel genießt dort eine Popularität, die an Verrücktheit grenzt. Keine Spur von Lockerheit bei Co-Trainer Carlos Pachame, auch wenn es diesmal nur gegen einen Bezirksligisten aus dem fernen Europa ging. Der Assistent von Nationaltrainer Bilardo sprach fast ständig auf seine Spieler ein.

Seine Lieblinge „genießen" auch seine besondere Aufmerksamkeit: „Mayor, den Ball hältst Du zwei Sekunden und nicht länger!" — Strikte Anweisung des Coaches an den Libero, der nicht nur die Spielführerbinde um den Arm, sondern auch sieben A-Länderspiele auf dem Buckel trug. Man male sich aus, Holger Osieck brüllt Thomas Hörster so an. Er hatte viel zu kritisieren, der Herr Pachame, selbst eine Art Fußballer-Denkmal in seinem Heimatland.

Wenn jemand das Geschehen auf dem Platz noch aufmerksamer beobachtete als der Co-Trainer, dann war das der untersetzte Mann in der blauen Regenjacke, der in sein kleines Tonbandgerät sprach. Tito Junco stellte sich als Journalisten-Kollege heraus, der drei Radiosender und eine TV-Gesellschaft versorgt und in Argentinien als absoluter Fußball-Experte gilt. Tatsächlich übermittelte er schon kurz nach dem Schlußpfiff seine Informatio-

Gefroren

nen über den großen Teich. Es wird also in Argentinien auch ein wenig von der Stadt Witten zu hören gewesen sein, deren Lage Tito Junco vielleicht als „ungefähr mitten in Deutschland" beschrieben haben wird.

Kaum vorzustellen, daß ein deutscher Kollege mit einer Auswahl aufs platte Land marschiert und fast aktuell von einem Spiel so geringer sportlicher Bedeutung berichtet. Kaum vorstellbar auch, daß Teamchef Franz Beckenbauer 43 Spieler (in Worten: dreiundvierzig!) über 14 000 Flugkilometer auf einen anderen Kontinent mitschleppt. Soviele Könner und Nachwuchstalente haben die Argentinier nämlich mit nach Deutschland gebracht.

Von denen werden jedoch nur wenige in den klassischen hellblau-weiß gestreiften Trikots frösteln, die das ausschließliche Attribut der Nationalelf sind. Hätte es nach der sportlichen Vorstellung der Elf noch eines weiteren Beweises bedurft, daß dies nicht die „echte" Nationalelf war, dies ist er: Das Team in Heven spielte ohne Streifen. Keiner der 17 Spieler vom Samstag soll sie in Berlin tragen.

Gefroren haben sie aber auch in ihren schlicht-blauen Leibchen. In Argentinien ist jetzt Sommer. Vielleicht hellt ja das kleine Präsent die Erinnerung etwas auf, das jeder mit auf den Weg bekam: Schwer trug ein Betreuer an einem halbmeterdicken Stapel Bildbände, die Witten in sonnigen Bildern zeigen

Päule überall bekannt und geehrt

90. Geburtstag, das hatten wir schon einmal...

Beim Ostermann gibt es ein immer leckeres Frühstück

Unsere Hochzeit in Iserlohn

Eine Silberhochzeit „Auf dem Schnee"

Familientreffen

**Päule Tippel, unser Urgestein,
bist bald 80 Jahre im Verein!**